COUP-D'OEIL

RÉTROSPECTIF

D'UN VIEUX CAMPAGNARD.

ÉPINAL,

IMPRIMERIE D'A. CABASSE, 2, RUE DU COLLÉGE.

—

1849.

AU LECTEUR.

Quand l'année a été riche d'événements, l'hiver, à la campagne, est fécond en causeries : dans de longues veillées, près d'un poêle brûlant, on en répète l'histoire en la commentant. Là, chacun exprime franchement son opinion, critique sans pitié ce qui lui déplaît, loue sans mesure ce qu'il aime.

C'est dans une de ces réunions quotidiennes où, à peu près tout l'hiver, j'ai assisté ponctuellement, que j'ai recueilli, par des procédés sténographiques, les réflexions qui composent cette brochure.

Un bon vieillard, vieux soldat, chez lequel avaient lieu ces veillées, était aussi l'orateur habituel qui, par quelques paroles pleines de bon sens, terminait la soirée : ce sont les siennes seules que j'ai recueillies.

Si donc, dans cet opuscule, vous trouvez quelque chose qui vous plaise, à mon vieux soldat seul en revient tout le mérite; mais si, d'autre part, quelque chose vous ennuyait, faites bien attention de ne pas vous en prendre à moi : j'en décline la responsabilité.

Quoique la formule soit un peu passée de mode,

Salut et fraternité.

UN CITOYEN ÉLECTEUR.

2 mars 1849.

I.

PROCLAMATION DE LA RÉPUBLIQUE.

Le dimanche 27 février 1848, après avoir endossé l'uniforme accoutumé, après avoir fourré dans la poche de ma veste mon vieux *Psautier*, sans oublier de mettre préalablement, entre les feuillets, mes antiques lunettes de buffle, je me dirigeai, au travers de nos bois, vers le chef-lieu de la paroisse.

Après avoir gravi la côte que vous connaissez et qui nous masque l'église, ma vue fut frappée tout à coup de quelque chose de rouge et d'ondoyant que je vis appendu au haut du clocher ; quelques instants après, je m'aperçus que c'était un drapeau : Diable ! m'écriai-je, il y a du nouveau !

Moi qui ai vu 91, qui ai vu l'Empire, qui ai vu la Restauration ; moi, enfin, qui ai vu 1830, je me dis sur-le-champ : il est arrivé une révolution !

Je hâtai le pas et j'arrivai bientôt devant le portail de l'église, dont la porte était couverte d'immenses affiches.

Enfourchant lestement mes lunettes sur mon nez, je me mis à les lire. Les premiers mots que je vis furent ceux-ci : *République française! Liberté, Égalité, Fraternité!* C'est bien là la vieille devise républicaine, me dis-je en moi-même, de laquelle, cependant, on a retranché ces mots barbares : *ou la mort!* Puisque de la devise on n'a pris que ce qui est bon, peut-être aussi des institutions ne prendra-t-on que ce qui est sage, modéré.

Mais pendant que je faisais ces réflexions, toute la population du village, attirée par de vagues rumeurs, s'assemblait autour de moi, et la foule devenait compacte et agitée. Pendant un instant, je résistai aux fluctuations de cette masse, afin de pouvoir lire les proclamations du Gouvernement provisoire ; mais enfin, un flot de curieux me poussa brusquement, et alors je ne pus plus qu'examiner les figures et écouter les réflexions de tous. Les uns étaient contents, d'autres attristés ; quelques-uns crevaient de dépit et m'étourdissaient de leurs vivats.

Vint en ce moment le premier magistrat de la commune. J'étais bien un peu curieux de voir quelle grimace il allait faire avec tout ceci : vieux vétéran des satisfaits, il devait être, je croyais, assez embarrassé de sa charge au milieu de toutes ces complications. Bah! (je reconnus encore une fois combien je suis bénévole dans mes jugements.) M. le Maire était un républicain de la veille !..... depuis longtemps il s'attendait à tout ceci !..... Vraiment, me dis-je encore en moi-même, ce n'est pas sans raison qu'on l'a mis à la tête de notre commune : il est plus perspicace que moi, car je ne m'y attendais certes pas !

Lors donc que je fus de retour chez moi, débarrassé de la foule qui m'étourdissait de ses cris, je me mis à réfléchir sur cet événement singulier, et cependant, au dire de M. le Maire, très-naturel, j'arrivai à ce point : de l'accepter sans joie et sans déplaisir, et d'attendre la suite des affaires pour en juger.

Voilà donc, mes chers voisins, ce que je vis, et les impressions que fit sur moi le jour de la proclamation de la République. Alors vous étiez du nombre des joyeux; quelques-uns même me reprochaient ma tiédeur : mais le résultat? c'est qu'aujourd'hui je suis plus républicain que vous tous.

Je vous entends maintenant tous la maudire, la rendre responsable de vos misères; mais, mes chers amis, la République n'est qu'une forme de gouvernement comme une autre; et celle-là, pas plus qu'une autre encore, n'implique trouble, anarchie, ne fait appel aux mauvaises passions, à la guerre civile.

En effet qu'entend-on par une République? C'est, en principe, tout Etat où l'on n'est soumis qu'aux lois, quelle que soit la forme du gouvernement, et, usuellement, tout Etat où l'on est gouverné par plusieurs. Mais, de plus, notre Constitution reconnaît et proclame une République démocratique, c'est-à-dire un gouvernement du peuple par le peuple.

La cause du malaise où nous nous trouvons, n'est pas, encore une fois, dans le mot République démocratique, mais peut-être dans notre peu de sagesse. C'est que plus une forme de gouvernement est compliquée, parfaite, si l'on veut, plus il faut que ceux qui en jouissent soient parfaits; mais nous ne le sommes guère, et tous nous voulons gouverner, et nul ne veut être gouverné: nous nous croyons tous à l'envi plus sages, plus éclairés les uns que les autres. Depuis les querelles parmi les aspirants à un poste de garde champêtre, depuis les dissidences du village au sujet de la mairie, depuis les prétentions à une justice de paix, etc., à une préfecture, jusqu'aux rivalités de ceux qui veulent entrer au gouvernement, combien d'amours-propres blessés et de sujets de discorde ! Or, la démocratie tinte à toutes les oreilles, enflamme toutes les ambitions : et chacun se croit dans un poste inférieur à celui qu'il mérite, et chacun crie, et chacun réclame. Tout ira bien quand chaque Français aura la conscience du poste que raisonnablement il peut remplir, et qu'il n'ambitionnera pas celui qui est au-dessus de sa portée, et que d'autres méritent à plus juste titre. Mais il pourrait bien être que d'ici là il y aurait encore un petit pas à faire !

Pour nous, mes amis, faisons bien attention, encore une fois, que tout le monde ne peut pas être administrateur : il faut encore des administrés.

C'est bien là un peu la cause pour laquelle tous les gouvernements qui se sont succédés aux affaires, en peu de temps, sont tombés sous le poids de la réprobation générale, et Dieu veuille que cette versatilité ait un terme !

Car enfin, ou nous sommes bien malheureux dans nos choix, ou nous sommes trop variables dans nos opinions. Et si ce dernier point venait à être vrai, souvenons-nous bien que rien n'est plus difficile à gouverner qu'un peuple léger et changeant ; avant donc que de nous mettre à critiquer la conduite de l'administration, comme nous le faisons trop souvent à tort et à travers, rappelons-nous le sublime adage qui nous a été dicté par J. C. lui-même: « Arrachons la poutre qui est dans « notre œil, avant de vouloir ôter la paille qui est « dans celui du prochain ! » Vous riez, mes amis, de ce que vous appelez mes banalités évangéliques ; mais faites bien attention que de semblables préceptes de religion font, de celui qui les aime, un rigoureux observateur des lois de l'Etat, et non un conspirateur contre l'ordre établi et les libertés publiques.

II.

DU SUFFRAGE UNIVERSEL.

Parmi les mille et un bruits contraires, discordants, qui, dans les mois de mars et d'avril, se répandirent sur toute la surface de la France, et qui vinrent frapper mon tympan, arriva enfin celui de l'élection d'une Assemblée nationale par le suffrage universel.

Le suffrage universel : belle chose ! magnifique conquête de la révolution, si l'on sait en bien user !

Quoiqu'un peu jaloux, je le déclare ingénûment, de voir tous les citoyens honorés de ce titre d'électeur dont je me targuais autrefois, et qui me faisait tant soit peu tenir l'épaule haute, pour me donner de l'importance, je n'en reconnus pas moins sur-le-champ qu'il était de droit naturel, qu'il était le droit national.

Et sans avoir jamais réfléchi auparavant sur cette question, qui ne me paraissait pas devoir être posée, tant mon indifférence politique m'avait jusqu'alors rendu optimiste, je compris néanmoins que le pauvre ayant le même droit que moi à la protection du Gouvernement, avait aussi autant d'interêt, surtout autant de droit de concourir par son suffrage à sa formation.

Cette mesure me réconcilia un peu avec la révolution, que je commençais déjà à regarder de travers : la chute des affaires, la dépréciation des valeurs, et mille autres gentillesses pareilles me faisaient déjà tourner mes regards effrayés vers 93, de sinistre mémoire; j'avais peur de voir renaître ces jours néfastes qui ont couvert la France de sang et de deuil.

Vous dire, mes bons amis, toutes les mauvaises nuits que cette idée me fit passer, c'est inutile; je sais bien, d'ailleurs, que vous-mêmes, lorsque vous vîtes crouler sur vos têtes les 45 centimes, vous ne fûtes pas toujours joyeux, et que le plaisir, les beaux rêves que vous aviez conçus à la vue des éloquentes proclamations du Gouvernement provisoire, furent joliment refroidis par cette mesure. Mais, enfin, comme je vous l'ai dit alors plusieurs fois, il faut bien venir au secours de l'Etat dès qu'il en a besoin : payons gaiement, et ne nous décourageons pas, car une fois que l'Assemblée nationale sera réunie, le commerce reprendra, tout ira bien.

Ce fut dans le mois d'avril qu'arriva cette grêle de manifestes, de circulaires, de professions de foi, etc. Il y en avait de toutes sortes : de sages, de sottes, d'insensées, de stupides ; mais toutes, d'ailleurs, nous promettaient des miracles qui, à la vérité, se sont bien trouvés un peu difficiles à faire !

Un peu avant le jour de Pâques, c'est-à-dire un peu avant le jour des élections, j'appris que dans notre département on ne comptait pas moins de trois à quatre cents candidats. Je fus d'abord tout orgueilleux d'être d'un tel département qui, outre les hommes modestes, réellement dignes aussi de siéger à l'Assemblée nationale et se défiant de leurs forces, il s'en trouvait surtout un aussi grand nombre qui se sentaient capables de remplir cette charge ! Mais ayant été informé que tous les autres étaient au moins aussi riches que le nôtre, ah ! alors, je bénis la France, et je m'écriai : Un pays si fécond en hommes ne peut périr !

Vint le jour de Pâques. Après avoir assisté à la petite messe, nous nous préparâmes donc à partir pour le chef-lieu de canton.

Il est bien vrai que nous étions un peu fâchés de ce qu'on ne votait pas à la commune; on nous eût épargné un voyage fatiguant, surtout pour moi : les vieilles jambes qui ont fait les campagnes d'Italie, sont aujourd'hui un peu pesantes pour entreprendre impunément de semblables démarches. En route, je ruminais bien dans ma tête, afin de comprendre quelles pouvaient être les raisons qui portaient le Gouvernement à nous expatrier ainsi pour aller déposer nos votes; je n'en trouvais guère de bonnes.

Etait-ce pour empêcher la corruption électorale, qui s'exercera plus difficilement sur un plus grand nombre d'électeurs réunis? Assurément non, puisque j'avais dans ma poche mon bulletin prêt à être déposé dans l'urne, et que mon choix était arrêté irrévocablement avant d'arriver au chef-lieu de canton.

Ce n'était pas non plus pour isoler les électeurs et les empêcher par là de remplir leurs devoirs de citoyens, puisqu'au contraire on voulait que les élections fussent la consécration du suffrage universel? Cette idée ne me vint même pas, car je crains, avant tout, de blâmer des mesures parce que je ne les comprends pas.

Pour la confection de nos bulletins, vous savez tous, mes chers voisins, que nous ne dédaignâmes pas de prendre les conseils d'autrui; nous écoutions tous ceux qui voulaient nous instruire, voir surtout le maître d'école, qui, selon les instructions qu'il en avait reçues, et tant bien que mal, nous prêchait nos devoirs de citoyens : « Il faut choisir de bons républicains, » nous disait-il de sa voix de Stentor du lutrin ! Et c'est aussi ce que nous avons tâché de faire.

Il est bien vrai, encore, que nous trouvions notre Assemblée nationale trop nombreuse, par la seule raison que neuf cents fois vingt-cinq francs font tout juste vingt-deux mille cinq cents francs par jour, et annuellement, avec de petites sessions de douze mois, plus de huit millions à la charge de notre pauvre bedget !

III.

DU SOCIALISME.

Vers le milieu de mai, en allant à la ville, j'appris qu'il y avait à l'Assemblée nationale, un certain P......., un diable d'homme, qui voulait une répartition égale des propriétés entre tous les citoyens français : quel coup pour les géomètres !

D'abord, tout à la première vue, ceci ne me parut guère orthodoxe, attendu que j'aimais bien mes champs, et que je croyais les avoir bien et dûment acquis.

Après la chute de l'Empire, étant rentré dans mes foyers sans autre fortune que mon sac de poil, un équipement délabré qui avait vu Waterloo, et quelques roubles amassés par mes économies, je croyais, certes, que les quelques propriétés que je possède aujourd'hui m'appartenaient bien réellement; mais point du tout : voilà qu'il est question que la terre, que tous les biens sont le domaine de la société entière; que, d'ailleurs, toute propriété est le résultat de l'empiétement du fort sur le faible, etc.

Tout cela m'étourdissait. Bien que le socialisme ne fût pas chose nouvelle pour moi, je ne l'avais jamais pris au sérieux dans son ensemble, et je ne soupçonnais pas même qu'il pût y avoir des hommes qui le regardassent différemment.

J'avais bien lu autrefois le *Voyage en Icarie*, de Cabet; mais je croyais tout bonnement que Cabet avait voulu faire un roman dans lequel il n'avait d'autre but que prouver sa prodigieuse imagination; en un mot, je considérais ce fameux voyage comme un ouvrage analogue à plusieurs itinéraires à la lune, que j'ai lus, ni plus ni moins :

et, sur ce compte, j'admirais l'esprit de l'auteur.

Il est bien vrai encore que d'autres ouvrages sur le socialisme sont quelquefois tombés entre mes mains; mais dans ces temps-là, je déplorais mon ignorance de n'en pouvoir soutenir la lecture, et de n'y comprendre pas plus que si l'on m'eût parlé argot.

En 1845, un de mes amis de la ville vint un jour me voir, et il m'apporta un gros volume in-8°, qu'il me donna. Passionné comme je le suis pour la lecture, je ne tardai pas longtemps à courir à mes lunettes et à ouvrir le volume : *Théorie des quatre mouvements et des destinées générales*. Dieu! quel titre! Mais, soit à l'œil nu, soit aidé de mes lunettes, je n'y pus rien voir, je n'y pus rien entendre. Je compris seulement que Fourier avait voulu faire une République à la manière de celle de Platon. Je l'abandonnai bien vite pour revenir à mon vieux Pascal, à mon spirituel Labruyère : voyez-vous, mes amis, comme je suis vieux, je n'aime que les vieux!

Avec leur diable de socialisme, étonnez-vous donc de ce que les affaires vont mal! Ce n'est pas qu'on redoute l'application de toutes ces doctrines, puisque vous tous, artisans ou cultivateurs, sans qu'il soit nécessaire d'entrer dans de grands raisonnements, votre bon sens vous les fait mépriser;

mais ce qui fait peur, c'est de voir qu'il y ait tant de doctrinaires dépravés, tant d'hommes qui flattent la cupidité des malheureux pour provoquer le trouble, la dissension, et qui, par la guerre civile, veulent s'emparer du pouvoir : voilà ce qui empêche les transactions.

Ce n'est pas, dis-je, que beaucoup y ajoutent foi : je pose en fait que, hormis quelques échappés de Bicêtre, Charenton, etc., et ceux qui y devraient être, nul en France n'a jamais cru sérieusement que l'égalité absolue pût exister. C'est contraire à la loi naturelle, puisque les hommes naissent inégaux en forces, en facultés ; c'est contraire à l'Evangile, puisqu'il y est dit qu'il y aura toujours sur la terre des pauvres et des malheureux.

Le plus grand mal encore que je voie en tout cela, c'est dans le tort irréparable que ce dévergondage d'idées fait aux principes d'ordre, à la moralité des populations, qui, jusqu'alors, avaient conservé l'antique bonne foi éclairée des vieux Français.

Voyez-vous, mes amis, chez un peuple où tout le monde veut être philosophe, réformateur de la société, sans autre mérite que beaucoup d'orgueil, l'indifférence religieuse, cette gangrène morale, gagne vite tous les cœurs où elle étouffe bien des pensées nobles et patriotiques ; elle ne laisse plus le champ qu'à l'égoïsme, fatal précurseur de la dissolution sociale.

Vous dire, mes bons amis, ce que nous avons à faire de mieux dans cet état de choses, sera très-facile : ne pouvant réformer les mœurs des autres, contentons-nous de bien remplir nos devoirs d'hommes et de citoyens.

J'ai lu autrefois dans un petit ouvrage, les entretiens de Phocion, si j'ai bonne mémoire (et elle me manque plus difficilement que l'esprit), que tout citoyen contribue à la chose publique par sa conduite, par ses actions, par le bon ou le mauvais exemple qu'il donne, et comme j'ai toujours cru à la sagesse de ce précepte, toujours aussi j'ai voulu le mettre en pratique.

IV.

DE LA PRÉSIDENCE.

Vers le mois de novembre se répandirent les premiers bruits de l'élection d'un Président de la République.

Sachant que l'Assemblée n'avait pas encore terminé ses travaux, et que par conséquent elle n'était nullement sur le point de se dissoudre, je refusai d'abord d'y croire, attendu que la nomination d'un Président par le peuple, avec l'Assemblée actuelle, me paraissait créer une situation anormale, exceptionnelle, en un mot, non prévue par la Constitution. Je m'étais mis dans l'esprit que l'élection présidentielle et l'élection de l'Assemblée législative devaient avoir lieu à de courts intervalles, voire même que cette dernière devait précéder l'autre.

Ce fut peu de temps après avoir fait cette dernière réflexion que j'eus connaissance du décret qui fixait cette élection au 10 décembre.

Les noms des candidats ne tardèrent pas à circuler : ceux de MM. Louis-Napoléon Bonaparte, Eugène de Cavaignac, de Lamartine, Ledru-Rollin, Raspail, etc.; tous, en un mot, vinrent percer l'isolement de nos hameaux.

Il fut bientôt question de fixer son choix. Une personne notable de la paroisse me fit un interminable récit du mérite, des vertus du général Cavaignac; elle poussa même l'obligeance jusqu'à me remettre une petite brochure de sa vie et un immense paquet de journaux, contenant tous les détails possibles sur son administration.

Elle m'avait tant répété qu'il faut être logique dans son vote, qu'on ne doit pas se jeter dans un inconnu orageux, pour laisser là ce qui est connu et satisfaisant, que moi, qui me pique encore d'entendre raison, je ne voulus rien faire inconsidérément.

Je me posai donc nettement la question, et je la résolus à loisir : le général Cavaignac, c'est la situation actuelle, moins encore les pouvoirs extraordinaires qu'il possède actuellement : hum ! cependant elle n'est ni belle, ni rassurante ! Toutefois le provisoire pourrait bien un peu en être cause.

Louis-Napoléon Bonaparte : beau et noble nom ! lui, c'est l'espérance, c'est l'avenir ! son nom représente la vigueur gouvernementale, et non cette politique vacillante de bien des administrateurs, politique qui ne me plaît déjà guère !

Cependant nous ne le connaissons pas. Bah ! je sens là, au côté, une démangeaison qui est le résultat de la blessure de ce biscaïen qui, en ricochant, m'enfonça trois côtes à Wagram, et je hésite encore ? Non ! non !!! Vive Bonaparte ! Et mon choix fut fait et il fut arrêté irrévocablement.

De plus, mes amis, quoique je sois intimement convaincu que vous aimez encore un peu votre voisin, je n'en crois pas moins malgré cela qu'il n'eut plus guère conservé cette amitié en vôtant autrement qu'il l'a fait.

Quelques personnes malveillantes allaient bien jusqu'à répandre des bruits injurieux, jusqu'à nous dire que notre candidat de prédilection n'était pas un homme bien capable ; mais son manifeste, mes amis, son manifeste qui vint si à-propos leur clouer au front un ineffaçable démenti, faire trêve à tous ces commérages ! Avec quelle joie nous le lisions, nous le relisions ensemble ! Et quand je le voyais signé du nom de Bonaparte, moi qui ai vu l'oncle, cela me donnait des vertiges.

Et le résultat fut proclamé, et le neveu de l'Empereur fut élu. Entouré de la confiance générale, partant fort contre les anarchistes, nous croyions qu'il devait inspirer assez de confiance pour que les affaires reprissent. Mais point du tout : par un moment elles eurent bien quelques velléités de se relever, mais il leur prend encore une fois fantaisie de retomber et à plat ventre. Quel diable y a-t-il encore, disions-nous?

Et là dessus mille explications, plus sotte l'une, plus sotte l'autre : c'est le parti légitimiste qui resserre ses capitaux, disait l'un ; c'est le parti rouge qui fait des assignats, disait l'autre. C'est Henri V qui est rentré à Paris où, avec les socialistes, il travaille une révolution; c'est Louis-Philippe qui y est rentré en habit de femme et qui ravitaille son parti, etc., etc.

Moi je compris qu'il y avait encore en l'air

quelques nuages, s'il était bien vrai que le commerce fût un baromètre régulier et exact. Y aurait-il donc dissidence entre le pouvoir exécutif et le pouvoir législatif, ou le Président aurait-il fait choix de mauvais ministres? Je courus lire les journaux, et presque tous, du moins les journaux modérés, me parurent assez satisfaits de son choix.

Enfin, le bruit courut qu'il était menacé par des factions. Je me souviens que l'autre soir à ce sujet vous étiez tous en colère, et que vous disiez qu'il était bientôt temps que Paris commençât à croire qu'il n'était plus la France, autrement qu'il pourrait bien l'apprendre à ses dépens. Dans l'humeur belliqueuse où vous vous trouviez, il n'était question de rien moins que de marcher sur Paris, si l'anarchie osait encore lever sa tête sanglante, et d'aller offrir votre concours au Président de la République et aux défenseurs de l'ordre.

Mais, mes amis, je crois qu'il ne sera pas nécessaire d'en venir à ces extrémités, et que le vieux sang français pesera encore à la fin sur les consciences de ceux qui veulent jeter leur patrie dans le trouble, dans l'anarchie, dans la guerre civile, dans la désolation et peut-être dans la ruine. Oui, je le crois, on n'en viendra jamais là: mais, je le déclare, si l'on attaquait le neveu de l'Empereur, ce vieux sabre que vous voyez appendu à la muraille, et qui a vu Wagram, Austerlitz, la Moscova, etc., ce vieux sabre, dis-je, et les mains qui l'ont porté autrefois, malgré leur débilité actuelle, seraient encore à son service!

Mais au milieu de la bonne volonté générale, je ne puis cependant m'empêcher d'être fâché contre quelques individus, toujours mécontents du Gouvernement existánt, quel qu'il ce soit. Avant l'élection du 10 décembre, ils avaient conçu une multitude d'espérances folles et ambitieuses; ils voyaient tous là-dedans une échelle pour parvenir à quelque emploi public, pour obtenir quelques prérogatives : celui-ci voudrait un bureau de tabac, celui-là être facteur rural, etc.; un autre voudrait autre chose, et il ne sait quoi. Depuis celui qui, d'artisan veut devenir garde forestier, ou de garde forestier, garde général, jusqu'à ceux qui prétendent à une préfecture, voir même à un porte-feuille, combien d'ambitions à assouvir! De là ce déluge de demandes de toutes sortes, qui inonde les bureaux de la présidence, et qu'on ne peut pas même lire, bien loin d'y pouvoir donner suite. Voilà la déception! Puis vient bientôt le mécontentement, et de celui-ci aux plaintes, aux murmures, il n'y a pas bien loin.

Je crois même, si je suis bien informé, qu'il y

en aurait quelques-uns d'entre vous qui se trouveraient dans ce cas; je suis persuadé, mes chers amis, que vous n'avez demandé que ce que vous pouviez bien remplir, et ce que vous méritiez à juste titre; mais enfin, avant de passer au mécontentement, faites un peu attention que tous les Français ne peuvent pas être fonctionnaires ou attachés à quelques administrations : vous trouvez le budget déjà trop lourd, et cependant vous vous fâchez encore de ce qu'on ne le surcharge pas pour vous donner un emploi ?

Avant donc que de nous mettre à déblatérer contre notre nouveau gouvernement, pardieu tenons lui compte des obstacles, autrement il ne serait plus possible de nous gouverner !

V.

L'AVENIR.

L'ordre et la liberté sont deux choses différentes, qui doivent être étroitement unies, et dont l'une cependant est loin d'impliquer l'autre. L'amour illimité de l'ordre, si l'on peut s'exprimer ainsi, produit le despotisme, et l'amour illimité de la liberté prodnit l'anarchie. Ce sont deux éléments indispensables à la vie d'un Etat; mais il faut qu'ils soient dans certains rapports, qu'ils se fassent équilibres.

Ce sont les deux plateaux de la balance sociale : il faut sacrifier un peu de liberté pour avoir l'ordre, et souvent un peu d'ordre pour avoir une grande liberté.

La liberté pleine et entière, c'est la faculté de faire tout ce que bon semblera, et elle ne peut exister que chez l'homme à l'état sauvage.

L'ordre, sans la liberté, c'est la tyrannie; c'est le pouvoir d'un homme qui gouverne des esclaves.

Et l'une ou l'autre de ces deux situations est impossible.

Nous disons donc que l'ordre et la liberté sont les deux plateaux de la balance sociale, et que pour que la situation soit parfaite, c'est-à-dire inébranlable, il faut que ces deux éléments du bien-être universel soient dans l'équilibre le plus parfait, sans contre-poids et sans efforts. Dès qu'on surcharge le plateau de l'ordre, jusqu'au despotisme, il enlève celui de la liberté; l'équilibre ne peut jamais être parfait ni de longue durée dans cette situation, parce que la tendance naturelle qu'a la liberté de faire contre-poids, amène tôt ou tard un dérangement, un désordre. C'est là la situation des monarchies absolues vis-à-vis de la liberté.

Mais dès qu'on surcharge le plateau de la liberté, alors il descend à l'anarchie, et c'est la pire des situations, parce que l'ordre est encore plus indispensable à l'existence d'un Etat que la liberté, parce qu'une déviation considérable vers l'un quelconque des deux extrêmes, est toujours suivie d'un contre-coup inévitable qui achemine droit vers l'autre.

Les plus grands ennemis de la liberté sont donc ceux qui la veulent trop grande, trop large; car, je le répète, on n'est jamais si près de la tyrannie que dans l'extrême licence.

Une révolution! c'est une secousse à la balance, et elle est vacillante et elle oscille jusqu'à ce que l'équilibre le plus parfait soit établi. Et une surcharge, soit du côté de l'ordre, soit du côté de la liberté, ne peut servir qu'à prolonger les oscillations, c'est-à-dire, le temps des craintes, des défiances, du découragement et de l'inertie commerciale.

Voilà la situation où nous nous trouvons depuis la révolution de Février; et les tendances des anarchistes et les tendances des royalistes ne font qu'augmenter les oscillations et multiplier le nombre des malheureux.

Après avoir bien parlé du passé, on conclut toujours à l'avenir : je conclus donc, moi, que si les tendances se prolongent avec la tenacité accoutumée, le nombre des malheureux augmentera dans des proportions énormes, et nous serons jetés par là dans une impasse de troubles, de sang et de pillage.

La France aujourd'hui est dans la situation d'un homme chez lequel les humeurs ont fait irruption dans la poitrine, et cherchent à arrêter les fonctions : il a des suffocations, des étouffements ; et si un sage remède ne vient à propos le décharger de ce qui l'oppresse, faire rentrer les choses dans leur état naturel, alors il court à la mort.

Et chacun a un pressentiment de la situation. L'instinct du peuple, plus sûr que tous les raisonnements, devine obscurément les difficultés du temps, comprend presque toujours où est le vice, sans pouvoir le définir exactement. De là ces vogues rumeurs de révolutions, ces bruits étranges de nouveaux renversements qui circulent presque toujours, et qui trouvent un accès si facile dans notre crédulité : ne serait-ce pas là une petite preuve que nous nous défions de l'avenir !

Car enfin, pourquoi ces craintes, pourquoi ces appréhensions, puisque je suis assuré que le gouvernement a toutes vos sympathies, de même qu'il a toutes les miennes? Eh bien! c'est parce que vous remarquez qu'il y a dégénérescence dans la moralité des populations, c'est parce que vous voyez que les antiques vertus des vieux Français commencent déjà à s'effacer : elles étaient cependant le seul régulateur infaillible entre l'ordre et la liberté !

Où est le temps, mes vieux, où pour la patrie nous eussions tout sacrifié ! Où est le temps où les vertus civiques étaient en honneur? Il s'écoule : actuellement déjà un trop grand nombre d'hommes ne voient plus que leur intérêt individuel, abstraction faite de toute la société.

Et c'est là un germe fatale de dissolution qui ne fait que s'augmenter avec le temps, et qui pourrait bien avoir un peu sa cause dans ce scepticisme religieux qui caractérise notre siècle.

Si je fouillais dans ma rustique érudition, si j'étudiais les causes de la décadence et de la ruine des Etats dont j'ai lu l'histoire, peut-être me serait-il aisé de prouver que dès que les peuples ont commencé à mépriser leur religion, ils ont été bientôt conduits, et nécessairement, dans le mépris des sentiments patriotiques ; de là dans les jalousies mutuelles, dans les haines de castes, et enfin dans cet amour de soi effréné, qui est la dernière marche pour conduire à la ruine publique.

Et cependant nous allons là: et si l'on ne trouve pas le moyen de raviver, de régénérer en nous les antiques vertus de nos pères, nous en serons bientôt à ces haines de castes, peut-être même à la guerre civile, à cette guerre d'extermination du pauvre contre le riche, qui est le dernier des malheurs qui puisse frapper la société !

Voyez-vous, mes amis, comme je suis loin du monde, que les petites préoccupations politiques ne me concernent guère, je le vois aussi de loin et je le juge peut-être un peu bizarrement, mais absolument pour l'impartialité, comme s'il était question des républiques grecques ou de l'empire romain.

D'ailleurs, c'est que je suis vieux, et que les secousses politiques, dis-je, ne me peuvent plus grand'chose et sont peu à mes yeux; aussi lorsque je veux juger du présent pour conclure à l'avenir, je m'attache davantage à l'examen des vertus sociales.

FIN.

www.ingramcontent.com/pod-product-compliance
Ingram Content Group UK Ltd.
Pitfield, Milton Keynes, MK11 3LW, UK
UKHW020516230726
13925UKWH00005B/2175

9 782019 265410